मन की पाती

उर्वशी चौहान

प्रलेक प्रकाशन

*in association with JVP Publication Pvt. Ltd.

प्रलेक प्रकाशन एवं जेवीपी पब्लिकेशन का लोगो विश्व प्रसिद्ध महान चित्रकार **मिकी पटेल** ने बनाया है।

पहला संस्करण : 2020

ISBN : 978-81-946472-9-4

प्रकाशक
PRALEK PRAKASHAN PVT. LTD.

वितरक
JVP PUBLICATION PVT. LTD.
602, Avenue—I, Building No. 3, Rustomjee Evershine
Global City, Virar (west), 401303
Cell : 9833402902 / 7021263557
Email : pralek.prakashan@gmail.com, jvp.publications@gmail.com
Website : www.jvpcorporate.com

मन की पाती : उर्वशी चौहान
Man ki pati : *Pomes by* Urvashi Chouhan

आवरण : JVP Publication Pvt. Ltd.

पुस्तक सज्जा : JVP Publication Pvt. Ltd.

नई कलम से शुरू करे
कुछ रंग दें किताब को..
चलो नए सिरे से लिखें
फिर उस पुरानी बात को...

क्रम

माँ...	9
शिक्षक	10
कहाँ ये पीढ़ी खड़ी है...	12
सर्द ठिठुरन	14
शब्दों का जंजाल	16
इतवार नहीं मिलता..	17
वो इतवार का दिन...	18
हाँ मैं इंसान हूँ...	20
सीढ़ियाँ	22
बचपन वाली होली	24
नादान समझदार	26
सावन की बारिश	28
हिंदी की व्यथा	30
वृद्धाश्रम	32
सिक्के के पहलू	34
दास्तान ए दोस्त	36
किताबें	37

मैं मोबाइल हूँ	39
स्त्री...	41
जीवन और रफ्तार (दो पहलू)	43
गरमियों की छुट्टी	45
साँसें...	47
बच्चा ही रहने दो	49
ये साल	50
डरा-डरा सा हूँ (कोरोना काल)	52
ज़िंदगी या खिलौना (कोरोना काल)	53
बेटियाँ	55
मैं और मेरी कॉफ़ी	57
वो भी क्या ज़माना था...	58
कोमलांगी मैं	60
दिवाली की सफ़ाई	62
माँ की पाती	64
बावरां बसंत	66
इज़हार	69
एक जहां	70
सँभाल कर रखना	72
हालात	74
थोड़ी ज़रूरत	75
सुकून का पता	76
जुगनू	77
सुकून की दरकार	79
तुम हो	81
कुछ क्षणिकाएँ	82

माँ...

मेरे नाम का वर्चस्व तुम,
मैं कुछ नहीं सर्वस्व तुम।

हर स्वाँस का आगाज़ हो,
निराधार मैं, आधार तुम।

जटिलताओं का समाधान और,
मेरी निश्चिंतता का प्रमाण तुम।

है कोटि वंदन 'माँ' तुझे...
जीवन का सार कि 'संसार' तुम।

शिक्षक

क्योंकि मैं शिक्षक हूँ और ऐसे ही समझ आता हूँ।
जाने अनजाने प्रश्नों का मैं, सटीक जवाब बन जाता हूँ।
अपने अनोखे तरीकों से बस, लाजवाब बन जाता हूँ।

चॉक डस्टर से खेलते-खेलते, बदरंग-सा हो जाता हूँ।
लाल स्याही के रंग में घुलकर, गुलाल-सा हो जाता हूँ।

थकता नही हूँ मैं, कभी घड़ी से आगे निकल जाता हूँ।
सूरज पाँच बजे उगता हैं, मैं चार बजे जग जाता हूँ।

कभी आईने में देख कर खुद को, बेवजह ही इतराता हूँ।
कभी अपनी ही पुरानी गाड़ी देखकर, सबसे नजर चुराता हूँ।

वही पुराने रजिस्टर पर, आड़े-टेढ़े मेरे हस्ताक्षर।
और फिर लेट हो जाने पर, नया-सा मुँह बनाता हूँ।

घंटों खड़े रहने की मुश्किल, किसी से न कह पाता हूँ।
एक ही किताब सालों तक पढ़कर, पन्ने भी रट जाता हूँ।

ढेर कॉपियों का देखकर, दिल पर हाथ लगाता हूँ।
कभी प्रश्न का हल ना मिले तो, बेचैन सा हो जाता हूँ।

ML CL की जोड़ तोड़कर, चिंता में खो जाता हूँ।
फिर भी सरकारी छुट्टियों पर, मजे से ऐश उड़ाता हूँ।

बीमार होने का भी हक़ नहीं है मुझे,
आधी बीमारी में भी ठीक हो जाता हूँ।

गलतियाँ निकालने की ऐसी बुरी लत लगी है
घर आए शादी के कार्ड में भी गोले लगता हूँ।

गृहस्थ जीवन छोड़ रोज मैं तपस्या करने जाता हूँ,
अपनी छोटी सी जेब के लिए मान सम्मान कमाता हूँ।

माना पैसे जरूरत है मेरी इसलिए कमाने जाता हूँ,
पर गर्व है इस बात का कि मैं भविष्य बनाने जाता हूँ।

कच्ची मिट्टी पर हल्के हाथों से, नए आकर बनाता हूँ।
हर साल नए बीजों के साथ, नई फसल उगता हूँ।

बता दो कोई एक पेशा जो नैतिक मूल्य सिखाता हो,
बच्चों को सिखाते-सिखाते खुद भी सुधर जाता हूँ।
क्योंकि मैं शिक्षक हूँ और ऐसे ही समझ आता हूँ।

कहाँ ये पीढ़ी खड़ी है...

कैसी विचित्र परिस्थिति हैं, आधुनिकता की जैसे भीड़ पड़ी हैं।
कैसी भीड़ पड़ी हैं...

संयम खो गया है कहीं, किसी स्वार्थ के जंजाल में,
और मुखोटा पहने जैसे, हज़ारों विपदाएँ खड़ी हैं।

बदल सी गयीं हैं मानव शब्द की पराकाष्ठा,
जब से सड़क के किनारे दुधमुँही बच्ची पड़ी हैं।

द्वंद्व सा छिड़ गया है, मन और मस्तिष्क में,
किस मंजिल को चले थे और कहाँ ये पीढ़ी खड़ी हैं?

बस मुख के स्वाद का व्यंजन बन कर रह गई हैं,
चौराहे पर खड़ी नारी अपने अस्मित के लिए लड़ी हैं।

ऊपर चढ़ने की होड़ में हम इतने नीचे गिर गए,
भोलेपन का स्वांग रचाए सब जगह धोखाधड़ी हैं।

द्वारपाल बनकर जो बैठा था उस की काया का,
भेड़िये सा बन गया वो, कैसी ये समस्या बड़ी हैं।

चंद कागज़ के टुकड़ों में खरीदा जाता हैं आत्मसम्मान,
एक बार बिके तो क्या बिके, हर रोज़ लग गई झड़ी हैं।
कहाँ ये पीढ़ी खड़ी हैं...

सर्द ठिठुरन

सर्द हवा और जर्द सा मंजर,
उड़ता हुआ कोहरा, छुपता हुआ सूरज।

ठिठुर रही है, सिकुड़ रही है,
लंबी सी बेल और छोटी सी क्यारी,
कितनी मासूम लग रही है देखो,
कोने में बैठी वो बिटिया हमारी।

लम्बी सी रातें और कोयले का अलाव,
मानो इस आग से भी हो गया है लगाव,
सेब से गहरी है गालों की रंगत,
अच्छी लग रही है इस सर्दी की संगत।

बहती हुई नाक और दवाइयों का ढेर,
गरम गरम पानी फिर भी नहाने से बैर,
लबादे सा स्वेटर और सर्दी की अकड़न,
रजाई की गरमाहट और आलस की जकड़न।

तेज सर्द हवाओं में मसाले की वो चाय,
मुफ्त में ही बँट रही है बिन मांगें कुछ राय,
मेवों की पोटली संग फलों की टोकरी,
सर्दी की छुट्टियाँ और सरकारी नौकरी।

नए साल की खुशी और पुराने का बिछुड़ना,
सर्दी की बातें और ऐसे की ठिठुरना।

शब्दों का जंजाल

बाँधे रखा है इस क़दर,
कि बेपरवाह उड़ान भरने नहीं देता,

टूटे तो बिखर जाऊँ,
पर खुलकर बिखरने भी नहीं देता,

उलझा है इस तरह कि
मुझे सुलझाने का वक़्त नहीं,
और ये सुलझने भी नहीं देता।

हवा का सख़्त झोंका भी,
आज़ादियों का आगाज़ नहीं करता,
एक शिद्दत से आईना नहीं देखा,
ऊपर से ये मुझे संवरने भी नहीं देता।

अरे! कहाँ खो गए मेरे शब्दों के जंजाल में?
बस बालों में बंधा 'रबरबेंड' ही था मेरे ख्याल में।

इतवार नहीं मिलता..

कि अब मुझे वो मेरा इतवार नहीं मिलता...

बाज़ार सुने पड़े है, त्योहारों की रंगत फीकी,
बस रिश्ते बाकी बचे हैं, रिश्तेदार नहीं मिलता।
घर बैठे नौकरी करना, सज़ा से तो कम नहीं,
हफ़्ते भर की मेहनत के बाद शनिवार नहीं मिलता।
कि अब मुझे वो मेरा इतवार नहीं मिलता...

माना गरम खाने का स्वाद ही अलग होता है,
पर बंद टिफ़िन के स्वाद सा सरोकार नहीं मिलता।
ना जाने कैसी दवा लगी है इस तन को,
अब तो सीधा मरते ही है कोई बीमार नहीं मिलता।
कि अब मुझे वो मेरा इतवार नहीं मिलता...

उस मजदूर से पूछो क्या दिन है क्या रात,
तपती सड़कों पर कोई मददगार नहीं मिलता।
काँधे पर उठा रखा है उसने अपना घरबार,
और मीलों चलने पर भी परिवार नहीं मिलता।
कि अब मुझे वो मेरा इतवार नहीं मिलता...

वो इतवार का दिन...

वो इतवार का दिन...
शायद कैलेंडर में तारीखों की भीड़ में खो जाता है।
शायद चौबीस घंटों से थोड़ा कम हो जाता है।
शायद जैसे बंजर जमीन की बारिश हो जाता है।
वो इतवार का दिन...

प्रचार तो बड़ी ज़ोर से करता है अपने आने की,
पर पुरानी सरकार की तरह एक पल में बिखर जाता है।
वो इतवार का दिन...

निकल जाता है अलमारी को जमाते जमाते,
निकल जाता है धूल मिट्टी हटाते हटाते,
दब जाता है फरमाहिशों के ढेर में कहीं,
निकल जाता है रसोई में परांठे बनाते बनाते।
वो इतवार का दिन...

बाकी छः दिनों से रफ्तार तेज होती है मेरी,
दिन जल्दी उगता है रात देर से होती है मेरी,

इतनी उलझन में बालों की सुलझन भी नहीं निकलती,
और ऐसे ही कितनी हसरतें अधूरी रह जाती हैं मेरी।
वो इतवार का दिन...

ज्यादा कुछ नहीं चाहा है बस एक दिन ही मिल जाए,
कभी सुबह की चाय अलसाते हुए मिल जाए,
कभी कुछ वक़्त मेरे लिए भी निकल जाए,
कभी कोई कह दे चल बाहर घूम आए,
कभी कोई जादू की छड़ी मुझ पर भी घुमा जाए,
बस मुझे भी वो इतवार का दिन मिल जाए...

हाँ मैं इंसान हूँ...

हाँ मैं इंसान हूँ...इसलिए गलतियाँ किये जाता हूँ,
एक इजाज़त मिल गई हो जैसे हर बार किये जाता हूँ।

मैं बुराई कर रहा था भ्रष्टाचार की,
समाज में फैले इस दुराचार की।
दूसरों को क्या कहूँ कभी खुद को नहीं टटोला,
उड़ा लिए मैंने भी हरे नोटों का उड़ान खटोला।

बिना हेलमेट की गाड़ी के संग जब उसने मुझको रोका,
500 का नोट दिखाकर दूर से उस को टोका।
टेबल के नीचे से मैंने, नया रास्ता बना डाला,
फ़ेल हो चुके भी को, टॉप का डॉक्टर बना डाला।

खुद को ना सुधार सका, ज़माने को सिखाने जाता हूँ...
हाँ मैं इंसान हूँ...इसलिए गलतियाँ किये जाता हूँ,
एक इजाज़त मिल गई हो जैसे, हर बार किये जाता हूँ।

जब किसी लड़की से कही, नुक्कड़ पर होती है छेड़खानी,
मूक बधिर से खड़ा देखता हूँ, बस यही है मेरी ज़िम्मेदारी।
सड़क किनारे देख अधमरा, कैसे मान को आता सबर
मोबाइल निकल कर ऐसे खड़े है, मानो मिल गई बड़ी खबर।

दिखावे की इतनी होड़ है कि खुद को नग्न किये जाता हूँ...
हाँ मैं इंसान हूँ...इसलिए गलतियाँ किये जाता हूँ,
एक इजाज़त मिल गई हो जैसे हर बार किये जाता हूँ।

नारी के सम्मान की बातें, नारे लगा लगाकर करता,
बेटी बचाओ बेटी पढ़ाओ, माला की तरह रोज़ हूँ जपता।
माँ की एक आवाज़ पर, हमने करा दी जाकर वो भी जाँच,
कुल के दीपक की खातिर, लगा दी अब तक चार को आँच।

जिस से मेरा अस्तित्व है, उसका अस्तित्व मिटाये जाता हूँ...
हाँ मैं इंसान हूँ...इसलिए गलतियाँ किये जाता हूँ,
एक इजाज़त मिल गई हो जैसे हर बार किये जाता हूँ।

जब छोड़ा उसको नदी किनारे, चल रही थी उसकी साँस,
देवी की पूजा करता हूँ, पर देवी की मुझको नहीं है आस।
फिर दहेज के नाम पर, बेटों की लगा दूँगा बोली,
मानो बेच रहा हूँ जैसे, अपनी कोई पुरानी खोली।

फिर भी न जाने आग में कितनों को जलाए जाता हूँ...
हाँ मैं इंसान हूँ...इसलिए गलतियाँ किये जाता हूँ,
एक इजाज़त मिल गई हो जैसे हर बार किये जाता हूँ।

सीढ़ियाँ

इन सीढ़ियों से उतरते कितनी पीढ़ियाँ गुजर गई,
धीरे धीरे चढ़ती और ढलती जवानी उतर गई।

भेद नहीं करती हैं ये तेरे और मेरे बीच में,
मैं चढ़ा तो साथ हो ली, तुम उतरे तो उतर गई।

कभी बुजुर्ग की लाठी, कभी बच्चों की शरारत बन गई,
कभी सरकती एडियों के साथ बेशर्म सी बन गई।

रोज़ गिनी जाती हैं हर कदम पर मुझ से ये,
फिर भी हाँफती सांसों के साथ ज़्यादा सी बन गई।

दौड़ती है ये भी मेरी रफ्तार से कभी कभी,
मैं जल्दी में हुई तो मेरे लिए आधी सी बन गई।

आलीशान कमरे और चमकती दीवारों के बीच,
एक कोने में पड़ी घर की नींव सी बन गई।

हर कोई नज़रअंदाज़ कर गया इन्हें अपने तरीके से,
पर ये जिस के साथ चली उसकी साथी सी बन गई।

बचपन वाली होली

आज अचानक न जाने कैसे, वह पुरानी किताब खोली,
सारे रंग बिखर गए, यादों ने बातें टटोली।
शोर-शराबे साथ निकलती, मस्तानों की टोली,
याद आ गई मुझको 'मेरी बचपन वाली होली'

कई दिनों पहले से ही फ़रमाइशें लग जाती थी,
आँख चुराते पिताजी और माँ कोने में छुप जाती थी,
लाल पीले हरे नीले रंगों की लिस्ट बन जाती थी,
पानी वाले गुब्बारों की भी जब बारी आती थी।

रंगों की पिस्तौल से मानो चल जाती थी गोली,
याद आ गई मुझको मेरी 'बचपन वाली होली'

छोटे बड़े सभी के संग मिल, बड़ा सा प्लान बनाते,
किसे-कहाँ-कितना रंगना है, सब कुछ तय कर जाते,
कभी किसी के नए कपड़ों पर पक्का रंग चढ़ाते,
कभी किसी को भिगो-भिगो कर तरबतर कर जाते।

खुली सड़क पर खेला करते थे, सबसे आँख मिचोली,
याद आ गई मुझको मेरी 'बचपन वाली होली'

गुजिया मठरी से पकवानों का लग जाता था ढेर,
अम्मा ऐसे छुपा के रखती ज्यों हो धन कुबेर,
रसोई घर के कामों में हम कभी ना करते देर,
इसी बहाने थोड़ी सी खुरचन मिल जाती देर सवेर,

घर ऐसा सज जाता मानो उठ रही हो कोई डोली,
याद आ गई मुझको मेरी 'बचपन वाली होली'।

नादान समझदार

अकसर सुबह बिना आवाज़ के सारे काम कर जाती हूँ,
नींद न खुल जाए उसकी, न जाने कितने जतन कर जाती हूँ।
कसम से मुड़ कर नहीं देखती घर से निकलते वक़्त,
कहीं वो आवाज़ भी लगा दे तो बेचैन हो जाती हूँ।

अभी चलना भी नहीं सीखा और इतना बड़ा हो गया,
मेरा बच्चा कुछ दिनों से समझदार हो गया...

मैं सोचती हूँ रो देगा, पर मुस्करा के हाथ हिला देता है,
वो भी जानता है, इससे मेरा पूरा दिन निकल जाता है।
ज़िद नहीं करता मेरे संग आने और जाने की,
मैं भूलूँ न भूलूँ कुछ घंटों के लिए मुझे भूल जाता है।

मेरी छोटी सी कहानी का वो मुख्य किरदार हो गया,
मेरा बच्चा कुछ दिनों से समझदार हो गया...

ढूँढ़ लेता है कभी कभी अपने खिलौनों में मुझे,
कभी अपनी छोटी सी गुड़िया को भी माँ बुला लेता है।
समझ नहीं पाता है अभी उन घड़ी की सुइयों को,
फिर भी ठीक समय पर दरवाजे पर आँख लगता है।

उसकी इन नादानियों का मैं कर्ज़दार हो गया,
शायद मेरा बच्चा कुछ दिनों से समझदार हो गया...

अकसर रूठने का नाटक करती हूँ मैं उस से,
कि वो अपने छोटे से हाथों से मुझे मानता है।
कहीं फिर से गायब न हो जाऊँ मैं उसके लिए,
तो बड़े बड़े आँसुओं से मुझे डरता है।

अपनी ही गलतियों का खुद मुख्तार हो गया,
हाँ, मेरा बच्चा कुछ दिनों से समझदार हो गया...

सावन की बारिश

अब सावन की बारिश में वह पहले की सी बात नहीं,
बूँदें तो बरस रही है पर अब वैसी बरसात नहीं।

पहले बादल देख कर छत पर डेरा लगा लेते थे हम,
माँ चाहे दो बात सुना दे फेरा लगा लेते थे हम।

मन्नतों से मिलती थी बारिश में नहाने की इजाजत,
कसम खाते थे सच में नहीं करेंगे कोई शरारत।

चुपके से फिर बस्ते में होती थी हेरा फेरी,
नई कॉपी का आखिरी पन्ना, सबसे बड़ी चोरी।

कुछ सादी कुछ होती थी चाकू वाली नाव,
मेरी नाव ही जीतेगी यह लगा लेते थे दाव।

सड़क पर बहते पानी में होती थी समंदर जैसी हलचल,
तेज बारिश का छपाक सा पानी और बह गई मेरी चप्पल।

उड़ती उड़ती खुशबू से खुद को रोक नहीं था पाता,
पकौड़ों के संग हरी चटनी का होता है असली नाता।

इतनी अल्हड़ सी जिंदगी में कैसे आ गई इतनी तमीज,
बादल तो यूँ ही बरसते हैं पर भीग ना जाए कमीज।

अब कोई टोकता भी नहीं की पड़ जाएगा बीमार,
मैंने ही खुद को बाँध दिया है खड़ी कर दी है दीवार।

सड़क पर बिखरा पानी मुझे बेचैन सा कर जाता है,
नाव तो मेरी पार हो गई पर जहाज डूबता जाता है।

बाँधो मत बचपन को उड़ने दो यूँ ही बेपरवाह,
सलीके की जिंदगी में थोड़ा सा हो लो लापरवाह।

चलो मौसम के इस मिजाज में मिल कर मुस्कुराते हैं,
सावन की इस बारिश का जमकर लुत्फ उठाते हैं।

ताकि फिर ना कह सके घिसी पिटी वही एक बार,
बूँदें तो बरस रही है पर वैसी नहीं होती बरसात,
अब सावन की इस बारिश में वह पहले जैसी नहीं है बात।

हिंदी की व्यथा

मैं हिंदी हूँ...
जन्म दात्री हूँ कई भाषाओं की,
मैं हिंदी हूँ...
अपने ही अस्तित्व को खोजती,

बस तारीखों में सिमट कर रह चुकी हूँ मैं,
कुछ किस्से कहानियों में लिपट कर रह चुकी हूँ मैं।

अब मिलती हूँ केवल सरकारी दफ्तरों में,
पन्ने पलटती हूँ बैठी पुस्तकालयों में।

आधुनिकता की दौड़ में जैसे पीछे छूट रही हूँ,
स्वयं से ही पूछती हूँ क्या मैं इतनी बुरी हूँ?

कभी अपने ही मानकों से लड़ती,
कभी शब्दों के हेरफेर से तड़पती।

जितनी आसान हुआ करती थी,
उतनी ही जटिल हो गई हूँ।
मैं हिंदी हूँ...

यह युवा वर्ग जिसे सभ्यता का नाम दे रहा है,
हिंदी का ज्ञान नहीं होना अब उन्हें सम्मान दे रहा है?

मातृ शक्ति का नाम दिया गया है मुझे,
पर क्यों नहीं वह आज पहचान है मुझे।

बस तारीखों में न याद रखो हिंदी को,
राजभाषा हूँ मैं बस यही सम्मान दो मुझे।

वृद्धाश्रम

वृद्धाश्रम के एक कमरे में बैठी माँ यह बोली,
अब तक तो अंधेरे में थी अब जाकर आँखें खोली,
रख तराजू में ममता को मेरी जिसने रद्दी में तोली,
त्याग की भी तो बढ़ा चढ़ाकर लगा दी जिसने बोली।

बड़े जतन कर मिन्नत करके माँगे थे दो बेटे,
ऊँचे सिंहासन वाली माँ को चढ़ा के आई भेंटे,
अपना जीवन जलाकर मैंने सिंचीं उनकी क्यारी,
नोटों के चक्कर में उलझे मेरे सिक्के थे खोटे।

कहते हैं फर्ज़ था तेरा जन्म दिया तो पाला,
अपने किए का जता जता कर दो ना कोई हवाला,
मेहनत की पूँजी पर ऐसे झगड़ रहे थे दोनों,
बेच खजाना निकल पड़ी में लगाकर बड़ा ताला।

गलत नहीं होती है माँ बस समझ समझ का फेर,
रिश्तों की कीमत पहचानो छोड़ो नोटों का ढेर,

बोझ नहीं है तुम पर माँ-बाप का ढलता जीवन,
नई पीढ़ी को जो सिखा रहे हो भुगतोगे देर सवेर।

वृद्धाश्रम आने का मेरा अपना ही था इरादा,
दोनों का झगड़ा आखिर में मुझे यहीं पर लाता,
चोट पुरानी नजर आ गई घाव कब तक छुप पाता,
पोते ने आकर पहले ही खोल दिया उसका खाता।

मेरी ममता थी अंधी या परवरिश ने दिया धोखा,
कहो कहाँ थी मैं गलत और क्या गलत था यह तरीका,
चलने से दौड़ने तक का सफर मैंने ही करवाया,
फिर भी सिखा नहीं पाई उनको सही तरीका।

सिक्के के पहलू

ये ज़िन्दगी...
पहले सहलाती थी,
दुलारती थी,
नरम तकिये पर सुलाती थी,
जी भर कर हँसाती थी,
रूठो तो मानती थीं,
ख़्वाब दिखाती थी,
कच्चे धागों से बुनकर,
पक्के दोस्त बनाती थी,
और खुलकर मुस्कुराती थी।
ये जिंदगी...

अब देखो ना...
अकड़ती हैं,
झगड़ती हैं,
बिना बात ही बिगड़ती है,
बेड़ियों में जकड़ती हैं,

पक्के धागों की सिलाई भी देखो,
तिनका-तिनका उधड़ती हैं,
सिसकती हैं, बिखरती हैं,
फिर भी सांस लेती हैं,
ये ज़िंदगी...

दास्तान ए दोस्त

जीवन के हर पड़ाव पर, तरह-तरह के दोस्त मिले,
कुछ मेरे जैसे यार मिले, कुछ अनोखे कुछ दिलदार मिले।

कैसे दूँ परिभाषा मैं, हजार पन्नों का एक ही नाम,
नशा इतना गहरा है कि, तेरी आदतों का मैं हूँ गुलाम।

कोई इतना सारा बोल-बोलकर, दिमाग को उलझा जाता है,
कोई शांत खड़ा एक कोने में, सारी बातें सुलझा देता है।

कोई मेरी एक आवाज पर, दुनिया से भी लड़ जाता है।
कोई दुनिया के बहकावे में, मुझसे भी अड़ जाता है।

कुछ दोस्त पलटते पन्नों से, बस पीछे ही रह जाते हैं,
कोई हर कदम पर हाथ पकड़े, साथ खड़े दिख जाते हैं।

कितने रंग बदल लिए भाई, दोस्त भी है अब काली कमाई,
पहले दोस्त राज रखते थे, आज दोस्त ही राज बन गए।
तरह-तरह के दोस्त मिल गए।

किताबें

यह किताबें मेरी एक नहीं सुनती...
अक्षरों के ढेर से माला है बुनती,
यह किताबें मेरी एक नहीं सुनती...

न जाने कहाँ से ढूंढ लेती है इतनी सारी बातें,
पढ़ते-पढ़ते बीत गए कितने दिन और रातें।

एक उमर ऐसी थी जब यह बड़ा भाती थी मुझको,
रंग-बिरंगी चित्रों वाली माँ पढ़ाती थी मुझको।

अ से ज्ञ तक का सिखाकर कर दी इसने धोखाधड़ी,
कुछ अक्षरों की फेरबदल ने समस्या कर दी बड़ी।

जब मैं छोटा था माँ मुझको गोदी में बिठाती,
हाथ पकड़कर आड़ी टेढ़ी लकीर बनाना सिखाती।

गोदी छूटी माँ की पर लकीर का फेर ना बदला,
इतनी आसान किताबों ने क्यों अपना रूप है बदला।

वह भी क्या दिन थे जब माँ ए फॉर एप्पल सिखाती थी,
वही एप्पल खाकर न्यूटन हमसे ले रहा है बदला।

इस काली स्याही ने मेरी आँखों पर लगी पट्टी हटा दी,
किताबें भले ही बेरंग हो गई, पर ज़िंदगी सतरंगी बना दी।

मैं मोबाइल हूँ

माना गुनहगार हूँ...
कितनों का कातिल, कितनों का मददगार हूँ मैं,
मैं मोबाइल हूँ...
खबरदार मुझे गलत ठहराया तो,
अपने किए का दोष मुझ पर लगाया तो।

कागज पेन का उपयोग छोड़ तुम, मुझसे आँख लड़ाते हो,
फिर बड़े-बड़े चश्मों की खातिर, मुझको आँख दिखाते हो,
अपनी गलत आदतों का जो मुझ पर नाम लगाया तो,
मैं मोबाइल हूँ...
खबरदार मुझे गलत ठहराया तो।

बच्चों को खिलौनों की जगह, मेरा दोस्त बनाते हो तुम,
फिर दीवार पर सिर पटककर, मुझ पर दोष लगाते हो तुम,
नंबर मुझ में सेव करके, खुद ही भूल जाते हो,
याददाश्त कमजोर होने के बहाने, दुनिया को बतलाते हो,
अपनी कमियों का भार अगर मेरे सिर पर चढ़ाया तो,

मैं मोबाइल हूँ...
खबरदार मुझे गलत ठहराया तो।

आड़ी टेढ़ी तस्वीरों पर तुम, इतना क्यों इतराते हो,
मेरे फिल्टर लगा लगा कर, खूब तारीफें पाते हो,
छोड़ किताबें कॉपी बस्ता, गूगल की सैर पर जाते हो,
छोटी छोटी बात के लिए, मेरा सिर खा जाते हो,
अपने इस आराम के लिए मेरा चैन चुराया तो,
मैं मोबाइल हूँ...
खबरदार मुझे गलत ठहराया तो।

खुद की चिंता छोड़ मुझ में तुम ऐसे यूँ खो जाते हो,
खुद चाहे भूखे रह लो, पर मुझको चार्ज लगाते हो,
माना मैं जरूरी हूँ, जरूरत पर अपनाया करो,
तुम्हारे किए गुनाह का, मुझे ना जिम्मेदार बताया करो।
मुझे ऐसे न गलत ठहराया करो।

स्त्री...

मैं स्त्री हूँ...
हँसती हूँ हँसाती हूँ,
अदब से मुस्कुराती हूँ,
छुप के छुपा के
अकेले में रो आती हूँ,
हजारों उलझनों की सुलझन हूँ,
मैं स्त्री हूँ...

बेटी हूँ...माँ हूँ...
बहन हूँ और भार्या हूँ,
कोमल चंचल काया हूँ,
चाहे आँखों से ओझल हूँ,
मैं हूँ...हाँ हर जगह हूँ,
मैं स्त्री हूँ...

अम्मा की कड़वी दवाई हूँ,
सर्दी की नरम रजाई हूँ,

जो पहन रखा है कुर्ता तूने,
उसकी पक्की तुरपाई हूँ,
मैं स्त्री हूँ...

माथे का सिंदूर हूँ,
रोली चंदन टीका हूँ।
जीने का अलग सलीका हूँ।
बच्चों की किलकारी हूँ,
फूलों की फुलवारी हूँ।
किताब का पहला पन्ना हूँ,
आरज़ू हूँ...तमन्ना हूँ...
मैं स्त्री हूँ...

पूरी हूँ, फिर भी अधूरी हूँ,
जरूरत हूँ...मजबूरी हूँ...
जीवन की पहली आस हूँ,
तेरे मन का अरदास हूँ।
दुर्गा.. लक्ष्मी.. काली हूँ..
फिर भी ढूँढती रखवाली हूँ।
मैं स्त्री हूँ...

जीवन और रफ्तार (दो पहलू)

आहिस्ता चल ए ज़िन्दगी,
अभी कई पड़ाव बाकी है।
बस इम्तेहां ही दिए हैं,
थोड़ा आराम अभी बाकी हैं।

कुछ चुनिंदा फूल मुस्कुराए हैं,
पूरा बागान अभी बाकी है।
मेरे सपने बड़े नादान हैं,
उनका मुकाम अभी बाकी है।

आहिस्ता चल ए ज़िन्दगी,
अभी कई पड़ाव बाकी है।

चल बाहर निकल ए ज़िन्दगी
फिर से रफ्तार पकड़नी हैं,
मौसम बदलने का इंतजार छोड़
ये बिजली तो यूँ ही कड़कनी है।

हौसले की बाँध कर पोटली
रख ले अपनी जेब में...
किस्मत का चिराग तेरे हाथ में है,
उस पर हथेली तुझे ही रगड़नी हैं।

चल बाहर निकल ए ज़िन्दगी
फिर से रफ्तार पकड़नी हैं...

गरमियों की छुट्टी

फ़ेंकी कॉपी, फेंका बस्ता,
बदल गया है स्कूल का रस्ता।
सुबह जल्दी जागने की टेंशन खतम,
अब ना माँ करेगी हम पर सितम।

कुछ दिन किताबों से मेरी हो गई हैं कुट्टी,
हो गई है मेरी स्कूल की छुट्टी...

T V के लिए ना करना पड़ेगा बहाना,
मानो मिल गया हो गढ़ा ख़जाना।
बंद कमरों से खिलौने निकल गए,
नए झगड़े के बहाने मिल गए।

पुराने दोस्तों से फिर हो गई हैं बट्टी,
शुरू हो गई है मेरी स्कूल की छुट्टी...

बर्फ़ गोले का आ गया सीजन,
रोज़ खाएँगे बिना कोई रीज़न।
फरमाइशों पर बनेगा टेस्टी खाना,
आज डोसा तो कल पेस्ट्री है मँगाना।

मैंगो शेक से अब होगी पार्टी,
क्योंकि हो गई हैं मेरी स्कूल की छुट्टी...

बड़े बैग में भर दिए कपड़े,
कुछ माँ के कुछ मेरे अपने।
राह देख रहे है नाना-नानी,
रोज़ सुनूँगा उनसे एक कहानी।

मामा को मैंने लिख दी है चिट्ठी,
हो गई हैं मेरी स्कूल की छुट्टी...

जब उल्टी गिनती शुरू हो जाएगी,
स्कूल की बड़ी याद आएगी।
बाँध पिटारा यादों का बस्ते में,
चल पड़ेंगे फिर स्कूल के रस्ते पे

चलो किताबों से हटा लेते है मिट्टी,
खत्म हो रही हैं मेरी स्कूल की छुट्टी...

साँसें...

ये साँसें...
कितनी बेपरवाह, बेबाक, अनंत,
निरंतर, निस्वार्थ, स्वतंत्र हुआ करती थी...
बचपन में आने औऱ जाने की वजह नहीं पूछा करती थी,
मेरी हँसी में हँस लेती थी, मेरे आँसू में बह लेती थी।
ये साँसें...

पतंग के पीछे दौड़ते हुए भी कभी साथ नहीं छोड़ती थी,
कभी छुप्पम छुप्पाई में मानो दम रोक लेती थी।
फिर भी कितनी आसान, अनवरत, अथाह थी,
ये साँसें...

अरे! ज़िंदा हूँ...अभी भी चल रही हैं...
पर थोड़ी ज़िम्मेदार हो गई हैं।
निस्वार्थ पहले हुआ करती थी, अब जरूरत हो गई है।
निरंतर अब भी है...पर हाँफने लगी हैं।
पहले दौड़ लेती थी मेरे साथ,

अब मेरा पीछा करती हैं, ये साँसें...
उमर का फेर नहीं हैं जनाब,
ज़िम्मेदारियों का जोर हैं...
अभी भी उतनी ही स्वच्छंद,
निरंकुश, निर्द्वन्द और पुरज़ोर है...
ये साँसें...

बच्चा ही रहने दो

बहुत सीख लिया ज़िन्दगी से यारों,
मुझे बच्चा ही रहने दो।
ज्यादा पक गया तो गिर जाऊँगा,
कुछ कच्चा ही रहने दो।
मुझे बच्चा ही रहने दो...

टूटे खिलौनों पर रोना आसान था
जब भी मन कर जाए आँखों को बहने दो।
मुझे बच्चा ही रहने दो।

तसल्ली की नींद न जाने कितने में मिलती है?
मेरी गुल्लक में कुछ सिक्के और भरने लेने दो
मुझे बच्चा ही रहने दो।

ये साल

ये साल...
एक सपना ही था मानो, आँख खुलते ही टूट गया,
लगता है जैसे हाथों से, कोई काँच का खिलौने छूट गया।
बड़ी जल्दबाजी में पढ़ ली, इस किताब को हमने,
कोई दो पन्नों को साथ पलटकर, आधा मज़ा ही लूट गया।

शिकायत नहीं है मेरे किसी, अपने या पराये से,
इस बार भी पीछे रह गए, बस इसीलिए घबराये से,
सुना है वक्त दौड़ता है, पैरों पर पंख लगा कर,
कोई साथ हुआ तो ठीक, कोई छूटा तो छूट गया।

आजकल कहाँ जिए जाते है लम्हे,
बस तस्वीरों में कैद किये जाते हैं लम्हें...
दुनिया को खुश हूँ दिखाना हो जैसे,
इन तस्वीरों पर धूल चढ़ गई हो जैसे,
न खुशी में हँसे न गम में रोये हो जैसे,
साल बीत गया बस पलक झपकाई हो जैसे।

तेज मैं दौड़ा था आगे निकलने की चाह में,
तजुर्बे बहुत बटोर लिए, बिछा दिये थे राह में...

आज समझ आया रेस में, कौन पीछे छूट गया,
खजाना मेरे हिस्से का था, जिसे कोई और ही लूट गया,
जो माना उसे मना लिया, जो रूठा वह रूठ गया,
अब जा के ये जान, इस साल क्या कुछ पीछे छूट गया।
क्या कुछ पीछे छूट गया ?

डरा-डरा सा हूँ (कोरोना काल)

हाँ...मैं डरा-डरा सा हूँ।
अनजान सी इस आफ़त से,
पास खड़े हर शख्स से,
एक दूजे के अक्स से,
अनमने मन से मना-सा हूँ।
हाँ...मैं डरा-डरा सा हूँ।

बिन मौसम की रुकावट से,
बैठे बैठे ही थकावट से,
न जाने कैसी घबराहट से,
इस पतझड़ में भी हरा-सा हूँ।
पर सच कहूँ डरा-डरा सा हूँ।

चूल्हे की धीमी आँच से,
उल्टे पड़े मर्तबान से,
और जेब के फरमान से,
हूँ शून्य फिर भी भरा-सा हूँ।
हाँ सच में डरा-डरा सा हूँ।

ज़िंदगी या खिलौना (कोरोना काल)

इंसान भी बड़ा अजीब है
ज़िन्दगी को खिलौना समझकर
खेले जा रहा है...

मानो बड़ी महंगी शर्त लगी हो
सब कुछ दाव पर लगाकर
दौड़े जा रहा है...

ना जाने क्या छोड़ आया है बाहर
कि बंद दीवारों से भी
झाँके जा रहा है...

बड़ा सभ्य कहलाता है इंसान
फिर भी सन्नाटे के बीच
चीखे जा रहा है...

ये ज़िंदगी बस अपनी नहीं 'अपनों' की भी हैं,
अपनी नहीं तो 'अपनों' की सुनकर देख लें।

ज़रूरी नहीं हर बार आगे ही आना पड़े,
कुछ कदम पीछे हटकर भी देख लें।

दौड़ना भी तो अपनों के लिए ही हैं..
आज ज़रा ठहरकर भी देख लें।

बाहर बड़ी हलचल मची हैं...
कुछ पल घर पर रहकर देख लें।

बेटियाँ

एक नन्ही सी तितली जिसकी, बस उड़ने की थी चाह।
क्यों काट दिए है पंख उसके, क्यों बाँध दिए थे पाँव।

लक्ष्मी को गर बाँधा होता, तो क्या आज़ादी पाते।
कल्पना अगर उड़ान न भरती, क्या चाँद पर पहुँच पाते।

ये मेरी छोटी सी दुनिया, और ये मेरी गुड़िया।
यहाँ नहीं बेटी का अंतर, एक से गुड्डे गुड़िया।

एक दिन मैंने माँ से पूछा, मैं क्यों दुनिया में आई।
दादी को है प्यारा भैया, तुम क्यों मुझको लाई?

राजा बेटा घर का चिराग वो ही तो है सबका।
मैं तो एक पराया धन हूँ, बोझ हूँ सब के मन का।

मेरी बात न जाने कोई, पहली सांस दबा दे कोई।
सोचो अगर जो मैं न होती, कैसे दुनिया मैं आता कोई।

मैं माँ की इकलौती दुनिया, पापा की आँखों का तारा।
बेटी से ही जग हैं रोशन, गूँजे गली गली ये नारा।

मैं और मेरी कॉफ़ी

मैं और मेरी कॉफी...
अक्सर ये बातें करती हैं,
कितनी आसान हो जाती ये जिंदगी
जो घुलकर रंग बदल लेती,
उबल कर ढंग बदल लेती,
मैं और मेरी कॉफी...
अक्सर ये बातें करती हैं।

जैसे कोई चीनी की प्याली में सुकून घोल दे,
जैसे कोई मिश्री से मीठी ज़ुबाँ बोल दे,
तुझ में इश्क की गर्माहट है,
हकीकत की कड़वाहट है,
एक राहत का सा प्याला है,
और चेहरे पर मुस्कुराहट है...
मैं और मेरी कॉफ़ी...
अक्सर ये बातें करती हैं।

वो भी क्या ज़माना था...

वो भी क्या ज़माना था...
प्यार करना एक जंग थी,
उससे खुद को बचाना था।
बाजार में पड़ी कोई पसंद का ढेर नहीं,
दिल एक के लिए धड़कता था,
और उसी का ही दीवाना था।
वो भी क्या ज़माना था...

हज़ार पापड़ बेला करते थे,
कितने दोस्तों को झेला करते थे।
एक झलक पाने के लिए करना पड़ता बहना था।
वो भी क्या ज़माना था...

अल्फ़ाज़ों की थी क्या औकात,
जब नज़र बात कर जाती थी।
बिना कहे ही कितनी बातें, बिन छुए कह जाती थी।

छुपते छुपाते मिलने का, एक अलग ही फसाना था।
वो भी क्या ज़माना था...

कोमलांगी मैं

सृष्टि के सृजन का सार हूँ,
इस तेज का आधार हूँ,
हर पथ और हर एक राह की
अर्धांगी मैं...कोमलांगी मैं...

उदयाचल से आते शोर से,
इस भोर से...हर ओर से...
बुलंदियों से आती आवाज़ की
स्वरांगी मैं...कोमलांगी मैं...

हो पथ कठिन तो हो भले,
मेरे हौसले उनसे बड़े,
संघर्ष की अग्नि से तपकर स्वर्ण सी
रक्तांगी मैं...कोमलांगी मैं...

आज़ादियों की उड़ान भर,
चहु बंदिशों को तोड़ कर,

शौर्य, साहस जैसे अलंकार की
वज्रांगी मैं...कोमलांगी मैं...

त्याग और बलिदान है,
नवजीवन का वरदान है,
नारीत्व मेरा महान है कि
शुभांगी मैं...कोमलांगी मैं...

दिवाली की सफ़ाई

धुँधली-धुँधली यादें मेरे मन को बढ़ा भाती है,
बचपन वाली दिवाली यार फिर से क्यों नहीं आती है?

15 दिन की छुट्टियाँ आप तो छह-सात दिन की हो गई,
नाना नानी के घर जाने की रीत पुरानी हो गई।

पहले जैसे घर पर माँ का फरमान सा निकल जाता था,
सफाई के नाम पर उनका एक अरमान सा निकल जाता था।

फिर खुलते थे यादों के पुराने बक्से और पिटारे,
कहीं किसी कोने में मिलते टूटे हुए खिलौने सारे।

रद्दी वाले भैया से माँ कहती, घर से ले जा है ये अटाले,
भारी मन से ऐसा लगता विदा ले रहे हो जो सारे।

अटारी पर चढ़ाकर मुझको माँ झाड़ू भी थमा देती थी,
कहती थी तुझे गिरने न दूँगी भोला सा मुँह बनाती थी।

फिर कभी काम ना आने वाले बर्तनों की होती मुँह दिखाई,
चमकना चाहिए, मुँह दिख जाए, जमकर करो ऐसी घिसाई।

कहीं हाथ लग जाता जो घर का कोई पुराना एल्बम,
माँ इतनी दुबली भी थी कभी और दादी में भी कहाँ था दम।

जगमगाती लड़ियों से हम जब भी घर को सजाते थे,
पापा जैसे इंजीनियर हो यह देख देख इतराते थे।

दीयों की झिलमिल रोशनी से घर था चमक जाता,
सब के साथ लक्ष्मी पूजा का अलग ही मजा आता।

फुलझड़ी-रॉकेट-अनार-चकरी और लक्ष्मी वाला बम,
कोई नहीं रोकेगा मुझको चाहे नाक में हो जाए दम।

गुजिया बर्फी मठरी पेड़े और रिश्तेदारों का नेक,
माँ कहती अरे अभी तू छोटा है चल रुपया रख ले एक।

अब चमचमाते घरों की सफाई से हम बोर हो गए,
खुद इतने व्यस्त हैं कि पटाखे भी अब शोर हो गए।

दिवाली के दीयों के संग चलो दिल भी जगमगाले,
सफाई के नाम पर मन का धूल और मेल हटा ले।
चलो दिवाली मना ले, चलो दिवाली मना ले।

माँ की पाती

प्यारे बेटे,
खूब आशीष।
माना बच्चे अपनी माँ के लिए कभी बड़े नहीं होते,
ऊँचे पायदान तो चढ़ते हैं, पर रहते हैं छोटे।

जब से तुम्हारी लंबाई आसमान छूने लगी है,
मुझसे तुम्हारी पकड़ कमजोर होने लगी है।

माँ हूँ ना तुम को दूर नहीं कर सकती,
और बस मेरा ही सुनो तुम ऐसा मजबूर नहीं कर सकती।

माना अपना सही गलत तुम भले ही समझ जाते हो,
फिर क्यों चौराहे पर खड़ी लड़की पर अपनी नजर गढ़ाते हो।

वह अपने घर की लाज है और तुम मेरे घर का सम्मान,
गलत नियत से ना करो मेरी परवरिश का अपमान।

यह किसने कहा तुमसे वह इंसान नहीं खिलौना है,
क्या मन नहीं बोला तुम्हारा यह कृत्य कितना घिनौना है?

बावरां बसंत

कि वह खुश है आज...
पीले पड़े पत्तों को छोड़ अब,
पीले पीले फूल खिल गए,
बेरंग हो रखी बगिया को अब,
नए-नए कुछ रंग मिल गए,
पत्ती पत्ती डाली डाली,
वह डोल रही क्यारी क्यारी,
कि वो खुश है आज...
यहाँ हो रही है 'तितली' की बात
कि वो खुश है आज...

कुछ जल्दी अब हो रही है भोर,
बागों में सज गई आम की बौर,
आसमान के रंग बदल गए,
कल के बिछड़े आज मिल गए,
मीठी बोली और मीठा राग,
कि वो खुश है आज...

यहाँ हो रही है 'कोयल' की बात
कि वो खुश है आज...

धीमी पड़ रही है सर्दी की पकड़,
मानो निकल रही हो उसकी अकड़,
दिन कुछ हो गए उजले उजले,
सूरज ने जब से तेवर बदले,
अब होगा बस उसका ही राज,
कि वो खुश है आज...
यहाँ हो रही है 'गर्मी' की बात
कि वो खुश है आज...

कल तक थी जिससे तकरार,
अब होगी उससे प्यार की बात,
छोड़ कर सारे शिकवे गिले,
अब फिर से मिलेंगे हम गले,
जब तक ना बुझ जाए मन की प्यास,
कि वो खुश है आज...
यहाँ हो रही है 'पानी' की बात
कि वो खुश है आज...

तितली कोयल से बगिया निखरी,
घर आंगन में किरणें बिखरी,
त्योहारों का लिए साज श्रृंगार,
ऋतुओं पर करने अपना राज,
सिर पर पहने फूलों का ताज,
लो आ गया है वह बसंत राज,
कि वो खुश है आज...

यहाँ हो रही है 'मेरी' ही बात
कि मैं खुश हूँ आज...
मौसम का देखकर यह मिजाज,
कि मैं खुश हूँ आज...

इज़हार

वह कहते हैं हमसे...
उबला हुआ दूध और हल्की सी रंगत,
थोड़ी सी मीठी और मसाले सी हरकत,
मेरी अपनी सी दिखती हो,
तुम मुझे चाय सी लगती हो।

वह कहते हैं हमसे...
कुछ कही कुछ अनकही,
पन्ने पलटती लाजवाब दिखती हो,
स्याह रंग में भी गुलाल लगती हो।
तुम मुझे किताब लगती हो।

वो कहते है हमसे...
कुछ नम, कुछ नरम सी,
मौसम की आजमाईश दिखती हो,
हसरतों की आखिरी ख्वाहिश लगती हो।
तुम मुझे बारिश लगती हो...

एक जहां

सितारों से आगे कोई जहां तो होगा,
जहाँ फरिश्ते रहते हो ऐसा मकां तो होगा।

डूब जाए पूरी दुनिया तो क्या हुआ,
प्यार जैसा लफ्ज़ यहाँ बचा तो होगा।

दौड़ते रास्ते और शोर करती महफिलें,
सुकून से निकले कुछ पल ऐसा समां तो होगा।

तुम मुझे भूल जाओ ऐसा हो नहीं सकता,
थोड़ा सा प्यार तेरे दिल में दबा तो होगा।

चाहो या न चाहो पर सच तो ये है कि
जितना लिखा है उतना अदा तो होगा।

भूले से दोस्त बना बैठेगा कोई तुझसे,
ढूँढ़ दुनिया में कोई ऐसा नादां तो होगा।

हमने नाम लिखा था जिस डाली पर,
आज भी उसका कुछ निशां तो होगा।

ऐसा कोई जहां नहीं जहाँ प्यार ना हो,
अगर वह भी ना मिले तो वहाँ खुदा तो होगा।

सँभाल कर रखना

एक बूँद बरसात की सँभाले हुए रखना,
शायद कहीं वह फिर से मुझे भिगा जाए।

एक किरण धूप की सँभाले हुए रखना,
शायद उजड़ा चमन फिर से आबाद हो जाए।

एक आँसू आँख का सँभाले हुए रखना,
शायद मेरी याद में भूले से निकल जाए।

एक आरजू दिल में सँभाले हुए रखना,
शायद मेरे सिवा दिल किसी और पर आ जाए।

एक कतरा पानी का सँभाले हुए रखना,
कि प्यास बुझाने में समंदर कम पड़ जाए।

एक लम्हा रात का सँभाले हुए रखना,
कि तेरे साथ गुजरे तो जिंदगी सँवर जाए।

एक फूल किताब में सँभाले हुए रखना,
कि उसे देख कर तुझे मेरी याद आ जाए।

एक बाला मेरे कान का संभाले हुए रखना,
शायद कभी दूसरा भी तेरे पास रह जाए।

एक आवाज होठों में सँभाले हुए रखना,
शायद कभी कह दे तो जिंदगी सँभाल जाए।

हालात

बंजर हो गई है मन की जमीन, बरसात की कोई भी आस नहीं,
उस कल की बात में कैसे करूँ, जिस कल की मुझे फरियाद नहीं।

इन वादियों में जैसे जहर घुला है, इन खुशबुओं में भी अब साँस नहीं,
एक बूँद भी मुझको कम लगे हैं कि इन होठों में अब प्यास नहीं।

यह सारी दुनिया तन्हा लगती है कि इन बातों में भी कुछ खास नहीं,
हर कोई मेरे आस-पास तो है, पर न जाने क्यों कोई पास नहीं।

हर चेहरे का दर्द कम लगता है मुझे कि मुझ जितना कोई उदास नहीं,
मेरी नजर ने उसे कहाँ नहीं ढूँढ़ा, अब उस खुदा की भी मुझे तलाश नहीं।

जी रहे हैं घुट घुटकर हर लम्हा, अब और जिंदगी मिले बर्दाश्त नहीं।
उस कल की बात में कैसे करूँ, जिस कल की मुझे फरियाद नहीं।

थोड़ी ज़रूरत

समंदर है बहुत गहरा लहरें गिनो तो थोड़ी,
कल आएगा यह तो हम सब जानते हैं,
पर आज की जिंदगी जो बची है वह रह गई है थोड़ी।

सावन ज़रा भिगो कर न जाने कहाँ चला गया,
सारी जमीं भीगो दी पर रह गई है थोड़ी।

जागते ख्वाब देख देख कर न जाने कैसे रात बीती,
आधी रात बीती जो बच गई थोड़ी।

कल किसी रोशनी ने चेहरे की चमक बढ़ा दी,
आज तक जो बात पूरी ना हुई अब भी बची है थोड़ी।

आज कलम ने कागज पर चलने की बात सोची,
सब बातें तो लिख दी पर बच गई है थोड़ी।

सुकून का पता

खुदा के इस जहां में सुकून का एक पल तो हो,
मिलेगा खुदा इत्मीनान से थोड़ी सी इबादत तो हो।

हाथ उठाकर माँग ले जो भी तेरे दिल में है,
अदा होगा सब कुछ बस थोड़ी सी इनायत तो हो।

जिंदगी चलती है तेरे किये करम से,
और आसान हो जाएगी थोड़ी सी खूबसूरत तो हो।

माँगे से सब कुछ कहाँ मिल पाता है जहां में,
माँगे से ज्यादा मिलेगा थोड़ी सी जरूरत तो हो।

इंसान ही इंसान को डूबता है यहाँ
हर जख्म डूब जाएगा थोड़ी सी शराफत तो हो।

हर दुआ कबूल होती है उसके दर पर,
हर आरजू पूरी होगी थोड़ी सी शिकायत तो हो।

जुगनू

कल आँख खुली तो नजर आया,
एक जुगनू मेरी डाल पर था।
खोया खोया सा लगता था,
तनहा सा अपने हाल में था।

पूछूँ कैसे मैं वजह इसकी,
मुझसे अभी अनजान वो था।
कैसे उलझन में मुस्काता,
उलझा सा अपने हाल में था।

फिर मिलने रोज लगे थे हम,
बातों का दौर चल पड़ा।
हर पिटारा खुलने लगा कि
किस उलझन में था वह खड़ा।

चाहे कितनी भी उदासी हो,
हँसने के बहाने ढूँढ़ते हैं।

और कुछ भी ना मिले,
तो हम लड़ने के बहाने ढूँढ़ते हैं।

कोई नाम ना दें तो भी क्या,
रिश्ता सा पुराना लगता है।
बस कल परसों की ही बात है,
पर वह दोस्त पुराना लगता है।

सुकून की दरकार

एक सुकून की दरकार है...
सोचते थे सुख है बचपन, अब उमर हो गई है पचपन,
सोचते थे सुख जवानी, हो गई बस आनी जानी,
सोचते थे सुख बुढ़ापा, पर अब रहा खुद पर ना आपा,
रंगीन ख्वाब के आगे बदरंग सी दीवार है।
पर सच कहूँ एक सुकून की दरकार है...

दूर से दिखता महल जो और ही कहता कहानी,
अंदर छुपा है एक खंडहर उसमें बैठी है वह रानी,
क्यों बंद है पाबंदियों के बंधनों में आज वो,
आजादियों को अब तलक आवाज देती आज वो,
गाड़ी नई बंगला बड़ा और पैसों की भरमार है।
पर सच कहूँ एक सुकून की दरकार है...

कोने में पड़ी उस किताब का अनकहा सा राज मैं,
लिखने तलक तो याद थी मेरा पता अब दराज में,
क्या मैं थी और क्या हुई उन चंद रिश्तों की खातिर,

अपने ही अस्तित्व से खुद को निचोड़ती हूँ मैं,
आखिर सूखे पत्तों की तरह हर रोज ही तकरार है।
पर सच कहूँ एक सुकून की दरकार है...

तुम हो

आज भी बेफिक्र सी है कि 'परवाह' तुम हो।
आज भी अनजान सी है कि 'पहचान' तुम हो।
आज भी गुमनाम सी है कि 'नाम' तुम हो।
आज भी उलझी सी है कि 'हिसाब' तुम हो।
आज भी सुलझी सी है कि 'किताब' तुम हो।
आदत सी है ऐसे जीने की कि 'राज़' तुम हो।
वजह है मेरे मुस्कुराने की कि 'नाज़' तुम हो।
कम नही ये किसी ख्वाब से कि 'ख़ास' तुम हो।
अल्फ़ाज़ मेरे है मगर 'एहसास' तुम हो।

कुछ क्षणिकाएँ

1

मेरे आराम को आलस का नाम मत दो
मैं रुका हूँ...पर थका नही हूँ...

ये विश्राम कौनसा अनंत है,
मेरी रफ्तार से तू वाकिफ ही कहाँ है?
इस विराम को पूर्णविराम का नाम मत दो
मैं रुका हूँ...पर थका नही हूँ...

2

अचानक स्वाद परोस दिया
किसी ने थाली में...
वरना अब तक सारे मसाले
अलग अलग डिब्बों में बंद थे।

3

सुकून ढूँढने चले थे,
और 'नींद' बेच आए।

अब नींद खरीद रहे हैं,
कि 'सुकून' लौट आए।

4

इत्मीनान...सुकून...तसल्ली...
ये कोरे अल्फ़ाज़ ही है शायद,

सुने तो खूब है इनके चर्चे
पर कभी ताल्लुक नहीं पड़ा।

5

मैं एक औरत हूँ...
'सुपरवुमन' का ताज पहनाकर
मुझ पर कोरी ज़िम्मेदारियों का बोझ मत रखो।

मैं भी स्वच्छंद परिंदा हूँ...
मुझे अपने पंखों को खोलकर
कभी बेपरवाह...आज़ाद उड़ान भरने दो।

6

हाथ में बाँध कर रखेंगे वक्त को...
कि बड़ी कीमत देकर खरीद लाए थे,
अब उसी वक्त को हाथ में रोकने के लिए
बड़ी बड़ी कीमत चुका रहे है...

7

शर्त लगी थी कि
ज़वाब किसका सही था?
मेरी जगह मैं सही थी,
अपनी जगह वो सही था...

8

झड़ रही पतझड़ सी
अधूरी-अधूरी सी ख्वाहिशें...
सूखे पत्तों सी फड़फड़ा रही है
दबी हुई कुछ फरमाइशें...
काश! कि कोई
बदलते मौसम के साथ,
फिर से हरा कर जाए मन...
रंगीन ख़्वाब फिर से सजे
ये हो रही हैं गुज़ारिशें...

9

तब 'तार' फोन से नहीं,
दिल से जुड़ा करते थे...
अब तो हर रिश्ता 'तार-तार' हैं,
जब से हर शख्स बेतार हैं...

10

जेब में रखे...
पुराने सिक्के सा हो गया है बचपन,
अभी भी किसी कोने में...
पास तो है...बस चलता नहीं है...

11

अभी न जाने कितनी हसरतें,
जो पूरी नहीं...
कुछ ख्वाहिशें जरूरत तो हैं,
पर ज़रूरी नहीं...

12

'उम्र' दस्तक दे रही है दरवाज़े पर,
किवाड़ खोल दूँ तो बचपन भाग जाए।
जो न खोलूँ तो तजुर्बा लौट जाए।

13

ना पूछे कोई दीन धरम,
ना देखे दिन और रैना।
मतवारी सी झूम उठी,
ज्यूँ बरसे दोनों नैना।

बावळी सी बारिश की,
इस आदत का क्या कहना?
पल भर में ही बिखर गई,
बिन पूछे सुख और चैना।

14

ख़्वाहिशों की पोटली बाँध कर
निकले थे घर से,
और न जाने कब...
ज़िम्मेदारियों ने हमें लूट लिया।

15

माना मेरे जैसा ही अक्स
दिखाता है आईना...
पर जो राज़ अंदर छुपा है
कहाँ बताता है आईना?

प्रतीक प्रकाशन

www.ingramcontent.com/pod-product-compliance
Lightning Source LLC
LaVergne TN
LVHW060417051026
849518LV00007B/2583
* 9 7 8 8 1 9 4 6 4 7 2 9 4 *